KB130703

르누아르의 꽃

르누아르의 꽃

—

초판 1쇄 2024년 9월 13일
지은이 이애정
펴낸이 김영재
펴낸곳 책만드는집

—

주소 서울 마포구 양화로3길 99, 4층 (04022)
전화 3142-1585·6
팩스 336-8908
전자우편 chaekjip@naver.com
출판등록 1994년 1월 13일 제10-927호
ⓒ 이애정, 2024

—

—

ISBN 978-89-7944-880-1 (04810)
ISBN 978-89-7944-354-7 (세트)

책 만 드 는 집　시 인 선 2 5 0

르누아르의 꽃

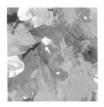

이
애
정　시
집

책만드는집

요즘은 울어야 하는데 우는 사람이 없다. ─테레사 수녀

가장 행복한 순간은 사랑하는 사람과 헤어지는 날이다.
곧 다른 사랑이 찾아올 것이므로. ─사르코지 브루니

등단하자마자 2년에 걸쳐 연달아 두 권의 시집을 내고
18년 만에 세 번째 시집을 묶는다.

그동안 많이 울지도 못했고 뜨거운 사랑도, 이별도 하지
못했다.

우는 것도 사랑도 게으름에는 속수무책.

아주 실컷 울었다.

연인과도 헤어졌다.

이별 앞에서 행복해졌다.

시를 쓰는 동안은 시간이 멎었다.

2024년 9월

이애정

| 차례 |

2부   르누아르의 꽃

3부　　　　아버지의 산

4부   시간을 견디는 법

1부

길 위에서

열대야 일기

줄을 타고 내려온 밤
절벽처럼 주변은 고요하다

아름다움도 슬픔도 모두가 평등해져 있는
극히 정제된 어둠만이
단단한 침묵을 모은다

동
서
남
북

인연과 악연 사이를 오가며
견디는 것보다
노는 것이 좋은 불면의 밤

여전히 홀로 남겨진 나는
오늘도 또 하나의 무덤을 쌓고 있다

생존법

1
관계라는 게 말이지
흔들다리를 건너다 보면 알게 돼
나와 너
너와 나

사는 것도 그래
이리저리 치댈수록 쫄깃거리는 밀가루 반죽
지조 없이 뜯어지는 수제비를 기다리는 건
뜨겁게 끓고 있는 장국
견뎌내야만 하잖아

2
미소는 필수
과하면 안 돼
공작새의 날갯짓보다
지렁이처럼 사는 게 좋아

빠르고 낮게
아! 뒤가 보이는 거울은 정말 필요하지

꼭꼭 숨어라
머리카락 보일라

불면과 놀다

카프카의 「변신」을 읽다 보니
머릿속에 벌레가 가득하다
긁고 또 긁고 끝내는 피를 보고 만다
떨어진 벌레들을 보니
느낌표, 물음표 모양으로 생긴 것도 있고
숫자, 글자 같은 것도 있다

문득 가슴에도 벌레가 가득하다
싸우는 놈, 사랑하는 놈, 혼자 노는 놈, 밥 먹는 놈
그것들은 평생을 갚아도 못 갚을 빚처럼
부지런히 순간을 쉬지 않고 꼬물댄다

한낮 같은 불면

카프카는 죽고
나는 밤새 나이만 먹었다

여독旅毒 유감

돌이켜 볼수록 삶은 어지럽다
가슴에 그려진 강물을 따라
늦게 알게 되는 사랑했던 순간들
깨달을수록 아픈 그곳

순간이 영원으로
높이 더 멀리
문득 지나는 바람 한 점
깨어나는 고소공포증

떠남은 길다

사전 답사도
사후 반성도 소용없는
아무것도 아닌 게
또 아니라서
여행은 늘 고프다

기억의 책

천 개의 손이 불면을 감싸고
그들은 저마다 다른 색 옷을 입은 채
아픈 부위를 두드려댄다

입구도 출구도 없던 내 하루는
떠나고 다시 오지 않을 열차처럼
밤은 깊어만 가고

길에서 길을 묻는다
기억의 책에서 꺼내본
모르고 살아도 더 좋았어야 할 일들
아프거나, 아름답거나

버리고 싶은 자아自我가
가지고 싶은 내가 될 때

멀리서 흔들리는 빛이 보인다
비로소 아침은 온다

개미 상여

여름이 지나가니
개미 마을 개미들이 상여를 메고 간다
생生의 무게와 사死의 무게가 무겁다
가깝거나 멀거나 이르는 길에도
보이지 않는 길에도 분명 고리는 있다
평생 먹을 먹이가 상여가 되는 걸 본다
개미도 죽고 황소도 죽는다
무덤이 있고 없고는 중요하지 않지

하느님 보시기에 좋았더라

씨앗의 말

하늘을 보고 살아야 하나
땅을 지키며 살아야 하나

어미의 마음으로 마중을 가고
고스란히 품어볼까

참으로 궁금하기도 하지
보이지 않는 세상을 보고
믿음 없는 세상에 믿음을 주는

수상쩍은 미래지만
머뭇거리지 말자

오늘에서 내일까지
긴 꿈을 꾸고 나면
더도 말고 덜도 말고

한 몸으로 피어날
태어남의 이유

후회는 늦다

진실은 불편하다
두려운 것은 세월이다

거울에게 길을 묻는다
나, 괜찮으냐고
이대로 가도 되겠느냐고

산다는 것은 설명할 수 없는 것
무심한 것으로만 살아내기

슬픔은 먹다 남은 빵
그리움은 상해버린 빵

흐린 불빛의 자화상으로
시간의 부재不在 앞에 서고 싶다

이명耳鳴이 왔다

안개로 덮어버린 날들
더듬거리는 나이와
이명은 한통속이다

어제처럼 늦은 오후
마음은 자꾸만 무인도로 향하고
회색 옷 입은 여자
홀로 시간을 보고 있네

미련은 밀물인가
썰물인가
그물처럼 얽힌 사연들

기억 속의 집을 짓다
늘 허기진 나는
천천히 행복해지는 법을 배워야지

수도원에서 길을 잃다

갈 수 없는 곳을 가고자 한다

세월을 계단 삼아 떠나볼까
돌아오고 싶지 않아서
길을 나선다

떠난 빈 자리는
엊저녁 써놓은 엽서 한 장

뒤돌아본 길은
사막도, 길도 끝이 없는데

어디서는 태어나고
어디서는 죽고

너는 내가 되어
나는 네가 되어

박혀 있는 시간들을 외면한 채

입구도 출구도 없는
수도원에서 길을 잃었다

길 위에서

－여행 떠난 아이에게

길 위에 서고 보니 네가 보인다

질경이처럼

철저히 밟혀야만

갈 수 있는 길로

너는 여행을 떠났구나

때로

길 위에서 길을 잃을 때도 있겠지만

길과 더불어 세월은 간다

뒤뚱뒤뚱 길 위를 걷다 보니

예전엔 네가 아기였지만

이제는 엄마가

너의 아기가 되어가는 것을 알겠다

너는 돌아오기 위해 떠났고

나는 떠나기 위해

길을 가겠지

여기까지 오다 보니

길은

기다림이었구나
너를 기다리며
어제처럼 편지를 쓴다

깨어 있는 이유

인연과 악연 사이를 오가는 하루

밤은 평등하다
내 불면의 끝은 어디인가

슬픔도 노여움도 절벽 아래
선인장으로 살아남아
온몸을 가시로 덮어
흩어지는 기억들

이제는 나에게도 내가 선물을 주자
가슴은 아니더라도
좀 더 따뜻해져야 할 이유를

부끄럽지도 않고
깨지지도 않을
나름 살아가는 법을 알 수 있겠다

여명은 어디쯤 오고 있을까

오후

눈물은 말랐다
하늘바라기
땅 내려다보기
하루는 하루 멀리 달음질치고
거울도 더 이상 말을 걸어오지 않는
삶의 오후

꽈배기 연가

남들처럼 살기 싫은데
남들만큼은 살고 싶었네
시행착오를 수없이 겪으면서도
결국 한 몸이 되어 있는 나

희망은 일직선이거나
혹은 대각선일지라도

꼬일 대로 꼬여버린 내가
행복한 일이 전혀 없었다고는 말하지 마라
나는 뜨거울수록 역동적이었느니
잠시의 달콤함도 있었고
지독히 사랑한다는 이유 하나로
내 존재는 사라진다

사랑은 먹어버리는 것

잘 못 살았다

넘어져서 다리 한쪽이 다쳤다
한 달 지나 다친 쪽을 또 다쳤다
제대로 반성하지 않은 탓이다

마음 하나도 가누지 못해
자꾸 한쪽으로만 기울어졌다
망가질 일만 남았다

익숙함에는 속고
소중함은 잃었다

늘 한쪽이 문제다
확실히 잘 못 살았다
그렇게 나이 먹어대고 있는 중이다

배꼽 진실

주홍글씨가 이리 뜨거우랴
내 전생의 거울
낮은 몸짓으로
확인할 일이다

밤의 기억으로
사랑의 잔해殘骸로 남은 사연
책보다도 많은 이야기

벗어야만 보이는 진실
어제도 오늘처럼
너는 항상 그 자리에

침묵 중에도 들리는 소리
믿음 없음을 믿게 하는
네가 있어 참 고맙다

Yesterday

돌이킬 수 없는 삶이
순간 지나갔다
누구에게나 있었던 하루
그럼에도 잃어버린 하루
사라지고
살아 있고
과거는 늘 몽환의 평계
오늘, 지금 이 순간만이 또렷하다
내일은 없다

달력 여자

그 여자
한 장의 헐벗음 보내고 나면
다시 여러 벌 입는 사연
이제는 알겠네

쓴맛, 단맛 다 본 여자
그래도 미련 남은 여자
다시 문 열어보는 까닭
또 알겠네

어제는 오늘
오늘보다 내일을 믿는 눈물 많은 여자
비우고 채워지는 화수분을 사랑하는 여자

일수놀이하듯
날마다 도장 찍고
살 만하다 외치고

기억은 무덤처럼 묻고
희망을 꽃으로 피워보는
알다가도 모를 그 여자

2부

르누아르의 꽃

르누아르의 꽃

봄날
나는 르누아르의 여인이 되었다
풀밭에서도 벗고
나무 아래서도 벗고
잠을 자면서도 벗을 것이다
마음이 몸을 따라 하는 것도
그와 함께 할 것이다
봄날
아! 살아 있다는 것은 얼마나 가벼운 것이냐
바람나고 싶다
살아 있는 것 모두 부활을 꿈꾸지 않은 것은 없다
평등하고 싶지 않은 것 또한 없다

가는 봄 속에 오는 봄도 있다

첫사랑

그래 그런 것일 거야
가슴속 수첩 하나쯤 있어
읽기도 지우기도 하는

주름 같은 세월 어루만지며
기억 속의 집을 짓고
나도 없고
너도 없는
오직 시절만이 숨을 쉬는
일상의 두드러기

네게서 나로 전해지는 물
마르지 마라
마르지 마라

뒤척이며 돌아눕는
오늘 밤 일기

겨울 장미

사랑이 하고 싶은 날
윤심덕의 〈사의 찬미〉를 들으며 울었다

내 안의 성性은
끈적이다가
풀어지다가
비가 되어 내리고

비가 가깝게 더 가깝게 내린다
그리움은 서서 온다

이별의 순간
비 오는 날
종점에 와서 내 인생의 환승역은 어디인가

사계四季

아슬아슬 너와의 환절기는
안타까운 세월과의 사랑
기억보다 현실로
부르지 않아도 가득한 이름

떠나가는 길
찾아오는 길 달라도
기다림은 슬픈 되풀이 애증은 계속되고

산다는 건 몸살 나도록 갈등하는 일

숨바꼭질하듯
계절의 문을 열면

아프지 않은 이별은 없다
시간을 감춘 채
우선멈춤

봄을 보내며

生이
임종처럼 고요히 지고 있다
누구보다 찬란했고
눈부셨지만
나비처럼 가볍게
살아 있는 사람들의 머리로, 어깨 위로
마침내 발밑으로
이별을 맞이한다
사라지는 것은 살아남는 것으로
망각은 재회를 꿈꾸며
꿈보다 짧았던 여행을 떠난다

외사랑은 진행형

너로 인해
폐허의 시간을 견디는 법을 안다

사랑이 그리워지면 폼페이를 가고 싶다

시간이 멈추고
그리고로 시작해서 그리고…로 끝나는

너는 점점 떠나고
나는 점으로 남겠지만

순결함을 거부하는
질기디질긴 내 사랑은 진행형이다

잊혀진 초콜릿은 짜다

겨울
텅 빈 공원 의자에
누군가 먹다 만 초콜릿을 두고 갔다
반이나 남은 초콜릿
그 초콜릿은 지난 사랑을 기억할까
새로운 사랑을 기다릴까

온몸 녹여 달콤함으로
서로의 입술을 탐했던 적도 있었고
어느새 얼음이 되어버린 차디찬 초콜릿은
입안에 붙어

봄날
기다림도 사라진 공원에 앉아
나는 온종일 이별에 아프다

등마루,* 외로운 사랑

보고 싶어도
다다를 수 없는 섬이 있다
마주 보지 못한 채 살아온 날들이
그곳에 있다
홀로
오직 홀로 머물러
온몸 다 뻗쳐보아도 닿질 못했다
벗어놓은 옷가지처럼
허물어진 기억을 딛고
똑바로 서보아라
주문처럼 외워도
그리움은 자꾸만 등이 굽는 것
돌아보지 마라
세월이 갈수록 더 아픈 나의 등허리
내 아들
기다려도
기다려도 오지 않는 아이야

이름을 불러볼까
올려다보는 하늘 말고
내려다보는 너였으면

* 척추뼈가 있는 두두룩하게 줄진 곳.

튤립의 말을 빌어

꽃잎 너머 저세상
알기는 하나요

불러줘서 고마워요
누구나 사연은 있죠
이 정도 비밀은 더욱 예쁘죠
여름보다 뜨거웠던 기억은
안으로, 안으로만

몸을 열고
마음을 열어
한평생 기도하며 살기로 했죠
다를 꽃잎들
나와 함께 주기도문이라도 외우지 않을래요?

…우리를 유혹에 빠지게 하시고
악에서 구하소서

등, 아픈 이름에게

떠밀려야만 갈 수 있었지
가슴으로 안아줄 수 없고
기대어 기대보는 어리석은 이름
집착은 그만
돌아보며 안부만 전할 뿐

거기 있는 거니
어떤 사랑도 너와 날 연결할 수 없고
가깝고도 낯선 골목길에서
서러움인 듯 그리움인 듯 모를 리 없겠지만
견디는 것이
그래도 살아 있는 것이지

가까스로
한 장 남은 달력처럼
마음이 몸을 몸은 마음을 끌고 간다

민들레 불면

잠들지 못하는 밤엔
바람이 분다

민들레 씨앗처럼 퍼져나가는 밤
뿌리 깊은 상념은
회한으로 짓밟히고
온몸에 가시만 돋아

잘라내도 다시 살아나
톱니바퀴처럼
밤은 자꾸 순환하고

한없이 작아진 밤
쓰디쓴
민들레 줄기만 씹고 있다

너의 거리

띄어쓰기 붙여쓰기 다 해봐도
숫자와 숫자 사이의 간격은 사치였다

너를 보내고
굽은 등으로 세월을 쓴다
그리움엔 슬픔도 자랐다
너를 보내고
영원성과 영원성의 부재不在에 몸을 떨었다
너를 보내고
나는 부메랑을 기다렸다

사랑아
꽃이 진 자리에 꽃이 피고
떠남은 멀지만
돌아옴은 짧게 와주렴

준비된 이별은 없다

끈의 뼈

이유는 없다
극에서 극으로
끝에서 끝으로
가슴에서 가슴으로 끈이 보인다

겹겹이 꼬아 만든 끈
아직 이어지지 못한 채
너덜너덜
끈의 뼈가 보인다

세월만 남은
치매의 어머니가 보인다

가을 길들이기

나를 길들이는 건
가을을 길들이는 것이지

하염없음에 익숙해지고
어느 좋은 날에
단풍은 낙엽이 되고
낙엽이 눈을 불러오는 거리가 멀지 않음이
그리하여
절정은 그리 오래가지
못하는 것을 알게 될 때

감나무 끝에 매달린
한 개의 까치밥이
가을을 길들인다

나를 다스리는 건
유감스럽게도 저 텅 빈 가을이다

눈사람을 보았다

나
그곳에 있었다
제법 그럴듯하게
마지막인 것처럼 구르고 굴러
시간을 빚어
기댈 것은 아무것도 없고
바람은 눈물마저 마르게 하고
추운 生을 온전히 견뎠다
구구절절 눈은 내리고
슬픔 위에 슬픔은 덧쌓이는 법

밤이 지나고
찾아드는
태양의 잔인한 축제
도리 없이 내 生은 끝나간다
이별이다

머무르고 싶었지만

더 이상 영원을 믿지 않기로 했다

반성문

삼시 세끼 먹으면서도 몰랐네
가슴 깊은 뱃속의 꾸물거리던
일상의 부끄러움 한번
흔들어 말려두지 못하고

더 먼 곳을 향해
더 깊은 곳을 향해
계단도 오르내렸다
천국이 지옥이고
지옥이 천국이 되었다

참을 인忍 자 새겨진 발바닥
미련과 핑계 사이

살아온 날들보다
더 많은 것을 지워야 하는

오래전 편지를 읽으며
내가 나를 본다

흔적이 상처로 남을 수 있는데
오늘 내 시는 흉터인가 문신인가

어머니, 그리고 여자

절뚝거리며
늦은 오후를 걷는다

기억은 눈眼처럼 여러 곳을 보고 있어도
잊혀감은 잊는 것보다 슬픈 것

이제는 안다
앓을 만큼 앓아야 낫는다는 걸
내가 너 아니듯
너도 내가 아닌 것을

봄이 젖는다
나이를 먹는다는 건
자꾸만 작아지고 젖어드는 일

여자는 짧고 어머니는 길었다

불면에 들어

시계는 끊임없이 말을 걸고
시간은 사라졌다

독백은 언제나 쓸쓸한 것
가까운 듯 멀기만 한 거리

던져버리고만 싶은
가슴속 낙서 한 뭉치

양 한 마리, 양 두 마리…
그 많던 양들은 어디로 갔을까

무명의 공간에 놓인
오래된 의자에 앉아
오늘도 나는 페넬로페의 수의를 짠다

백지白紙에게

한마디 말도 없이
벌거벗은 너의 맨몸 앞에
어쩌면 처녀의 속살 같은 그것에게
오늘 밤 수작을 걸어본다

때로 너는 거울처럼
나를 비춰줄 때도 있지만
끝끝내 처음처럼 완강하다

소금보다 짠 불면은
네게 향하는 집착만큼의 크기

네게는 문門이 있어
자꾸만 닫으려 하고
열쇠가 되고 싶은 나는
욕망인지 권력인지 모를
언제고 혼돈이다

설령 이것이 악연일지라도

나는 너로 인해 늘 두근거린다

3부

아버지의 산

대나무 어머니

울 어머니 심어준
가슴속 나무 한 그루
어머니가 내 손가락에 대나무로 피었다

어머니
몸은 비고 울림만 남아
살아보니 아무것도 아니라며
정말이지 아무것도 아니었다고
채울수록 가난했던 어머니

갈수록 날은 어두워져 가고
어두울수록 더 잘 보이는 어머니
그리움을 어루만지며
내 손에 피어난
어머니의 대나무를 본다

게를 먹으며

바른길
똑바로 걷기 어려워라

삶은 싸우는 것이냐
화해하는 것이냐

사랑하면 할수록
철저히 부셔버리는 일

구석구석 헤집는
고집은 끝이 없고

파도보다 높은 세상에
더 이상
바다를 꿈꾸지 못하겠지

사라보다 절절한

육신의 껍질

게를 먹으며
나를 먹는다

아름다운 이유

떨어지는 눈은
세월을 돌아보는 눈물
폐허의 시간을 건너
언 땅속에 씨앗을 품어
꽃을 피워
사랑은 다시금 찾아와
그늘도 아름다움이 되는 우거진 날들이 된다

삶의 편린들은 네 개로
묶어져 동그랗게 돌고 돌아
마침내 부서져 버리는 것
그리고 잊혀가는 것

꺾다

환절기도 지난 여자
모두가 떠난 폐광廢鑛 같은 여자

무릎이 꺾인다
고개가 꺾인다
허리도 꺾인다
꺾고 살다 보니
낮은 세상이 보인다
보이다 보니 세상 사는 법을 알겠다
삶은 버티는 게 아니라
견디고 견뎌야만 하는 거였다
앞서거니 뒤서거니

기억하자
어제는 많았지만 오늘은 하나뿐이다

아버지의 산

아버지 생전 오르시던 산
당신 사후 내가 걷는다

높은 나무는 우러러보고
낮은 풀은 몸을 숙여 보라던

산에는 아버지의 음성이 들린다
산에는 거울이 달려 있다
산은 아버지를 비추고
아버지는 나를 비춘다
딸은 매일 거울을 닦는다

숲의 말

언제고 가진 게 없어 쓸쓸하다면
숲으로 갈 일이다

나의 인생도
그처럼 떳떳했던가
또한 넉넉했던가

산다는 것은 무르익는 일
너와 나를 잊고
우리를 생각해 보자

정지된 시간을 씨앗처럼 묻으면
참으로 삶은 종교와도 같은 것

나무는 말한다
사라지는 모든 것 위에
살아지는 것들이 있다고

나탈리 망세*의 첼로

깊어질수록 아픈 그대
그 여자
등에다 촛불을 켠다

산다는 건 자꾸만 허물어지는 일

풀어놓은 물감처럼
촛불은 흔들리고
흔들리는 것은
몸살처럼 갈등하는 것

무엇을 바라고
무엇을 기다리나

되새김질하듯
밤이 찾아오면
너로 인해 온전히 녹고

그 여자 등에다

독백처럼 첼로를 켠다

* 알몸으로 첼로를 연주하는 첼리스트.

손의 독백

둘이면서 하나인 듯
네가 주는 굳센 믿음
화해의 몸짓, 그 시간들
비워도 비워질 수 없었던 더 큰 사랑

살아가기 위한 준비
살아내야만 하는 의지
인연의 끈은 또 어떤가

시리고 시린 가슴에게
지우고 다시 쓰는 편지는
가장 뜨거운 나의 손

배梨가 있는 풍경

여기 청상青孀으로 늙은 여자
베옷 입고
슬픔으로 둥글어 단단해진 여자
눈물 많은 여자
향기는 없지만
아직도 벗은 속살이 눈부신 여자

어머니 같은
여자 같은
배

겨울 여자

선인장꽃
낭떠러지에 피었네

못을 박아
서럽게 그 꽃 피었네

따라만 왔던 길
막다른 골목
불러보기 위해
돌아보았네

어느새
그 꽃
다 지고 없었네

자정 子正

넘을까 말까

불면과 최면의 경계에서
고단함과 호기심에서

허물어짐과
추켜세움에서
오늘도 선線을 넘는다
금지된 무엇과도 같은
이 끈끈한 끈

가끔은 풀어보고 싶다
그 끈

늦은 밤, 쓰레기를 버리며

기억이 조각조각 떨어져 있다
이제는 모아야 한다
늦은 밤 쓰레기를 버리며
오늘, 한 사람의 생애는
누구에게는 신성한 하루였을 것이다
누구에게는 영혼을 팔 수밖에 없는 날이었을 것이다
그렇다 해도 나는
늦은 밤, 쓰레기를 버리며
핑계가 이리 많은지

집착은 금물
소유가 전부는 아니더라
이 늦은 밤
어떻게 사랑해야 하는지 알 것 같다
이제 모든 걸 잊기로 한다

바라건대 내일은 혼란스럽지 않기를

봄이 되고 보니

덜 깬 눈 비비며 오는 봄
마음이 오는 소리보다
몸이 불러주는 소리가 잘 들린다

멀어져 가는 세상 앞에
중얼거림만 많아지고
늘어나는 건망증처럼
내 인생의 봄날은 간다

식어버린 가슴 안에
타다 남은 봄꽃 같은 불씨 하나

그리움의 끝은 멀고
흐려져만 가는 추억의 장소

서두르지 않아도
저물어가는 봄처럼
봄날은 또 그렇게 간다

사랑은

가슴에 천불이 솟는
그런 사랑이 아니야
합죽선처럼 활짝 벌어져
서로의 몸과 마음에
바람이 되어주는 거지

더딘 걸음의 불면
벗어나고 싶지 않은 짐
기다림은 영원하고
말하지 않아도 들어주는 강
거슬러 가는 것도 아닌

이러지도 저러지도 못하지만
…그대 오셔요…

외박하고 싶은 여자

봄이 오면 외박하고 싶은 여자
제 말 좀 들어주세요
기다리면 꽃이 되나요
봄이 오면 듣기보다 말하고 싶은 게 너무 많아요
빛과 어둠의 차이를
사소한 일상이
과거보다 아름답다는 것을
그대 알기나 알아요?
기다리는 동안
잦은 혼란조차 아름답다는 것을
봄이 오면 외박하고 싶은 여자

비… 그리고 비

백지 위에 점을 찍는다
점
점
점… 점은 점차 동그라미가 되어간다

동그라미에게 말을 건다
말은 점점 소리가 되어간다

소리에게 시비를 건다
소리와 한참을 전쟁 중이다

점도
소리도
시간도
나도 흩어진다

백지만이 홀로 지키는 날이다

0의 초대

마주 보지 않는다
홀로 됨이다
온통 세상은 적막뿐이다

내가 아닌
우리가 되고 싶었지만
구르고 구르다 깨어져야만 설 수 있는
나와의 동행은 누구인가

기다림에는 이미 익숙하다

초대합니다
내 채움과 비움에 함께할
?

의자는

의자는 기다릴 줄 안다
자신을 비운 의자는
낮은 자리에서 겸손하다
무대는 비록 좁지만
의자는
기쁨도 슬픔도 나눌 줄을 안다
세월처럼 오는 마음 가는 마음 달라도
의자는 인연을 믿는다
얼마나 더 견뎌야 할까
만남과 이별 속에서
의자는 홀로 남는 법을 배운다

용접의 사랑

지독한 현실 앞에서
사랑이 지옥인지
천국인지 말하지 마라
너와 내가 한 몸이 된들
마음까지 하나가 될 순 없다

마침내
끝끝내

땀으로
묻혀버린 육체
한 몸으로 쓰는
둘이서 하나인
육체의 시詩

폴 세잔의 정물화

모를 일이다
꽃도 아닌 내가 사는 이유

햇빛도 누워 있고
나는 잠시 꿈을 꾸었다

저기 저 사과는 뭘까!?

4부
시간을 견디는 법

시간을 견디는 법

오랫동안 비는 우산을 기억했다
기억은 점 점점 깊이 빠져들어
아무것도 할 수 없는 무기력함
옛사랑은 무기력함으로 온다

그리움은 천국을 바라보며 지옥에 잠기는 일
옛사랑은 대책 없는 쏟아짐으로도 온다

그리고로 시작해서 마침내로 점 찍을 때까지
옛사랑은 시간을 견디는 법

오늘 하루는 비움이다
가볍지 않으면 익숙해지기라도 해야지

무인도에 고립된 나는
세상일 모르는 게 답이다

어렵다 사랑

사랑이 화려할수록 버릴 것도 많지
버려질 땐 모든 게 평등, 천덕꾸러기
사랑 앞에선 언제나 분리수거

선택도 포기도 어려운
갈등과의 또 갈등

목적도 예정도 없이 찾아드는

사계절 속에 들어 있는 환절기
평생을 두고 쓰는 주홍글씨
그걸 사랑이라고 부르자

잊혀가는 것들을 위하여

사소한 습관으로 순결해지는
사랑처럼 헌신하는 비누는
잊혀가기에 아름답다

나를 찾음으로
더 이상 비굴해지지 않을 것
마음의 상처까지 치료하고

포장은 그만,
민낯이 아름다운
잊혀가는 것들이
아름다운 세상에 살고 싶다

태풍 불던 날

시간이 시간 밖으로 흘러갔다
혼란이 혼돈이 되는 중이다

갈 수 없는 곳을 가고 있는
바람의 외침

고요함으로부터 시작된
폐허로 남은 아수라장

어떤 아름다움도
어떤 미움도 존재하지 않는
거역할 수 없는
군중 속의 고독

…서두르면 안 돼…
어머니의 음성이 들렸다

더 이상

침몰이 끝이 아니고

새로운 시작이기를

나는 밤새 짧아졌다

나는 그렇다고 얘기하고
누구는 그렇지 않다고 말한다

가면을 벗고
민낯으로 돌아오라
허공에 문자를 쓴다

밤은 길고
나는 밤새 짧아졌다

오늘도 악몽을 꿀 모양이다

봄부터 겨울까지

계절이 날개를 달고 떠났다 오기를 반복한다
살아온 날보다 돌아갈 길이 짧아
여름 한 철 벗은 것이 가을엔 허물이 된다
불러보기 위해
돌아보는 살아가는 이유
오선지를 오르내리는 음표처럼 삶은 예측 불허
잃어버린 것과 기억을 나누면
그렇다 해도 미련은 금물
묻을 것은 묻고
기억은 남기고
눈 둘 곳 없지만 또 오늘은 간다

거울처럼

원칙대로 사는 거다

보이는 것
딱 그만큼만

내가 너로 살고
너는 내가 되어야 하리

혼잣말에 익숙해진 또 하나의 그림자

먼 길 돌아와
나를 비워
너를 볼까

감출 곳 투성이
흉터를 가진 사람은 알지

세월에 화장을 하고
혼자 피워내는 꽃
조금만 더 머무르고 싶다

못으로 편지를 쓴다면

버려야 하는데 남겨둔 것이 있다
못을 박을 때마다
박는 건지
박히는 건지
헷갈릴 때가 있다
너와 나의 관계처럼 말이야
사랑을 주는 것도
사랑을 받는 것도
아픈 건 매한가지
뭐든 당연한 것은 없지

못을 박을 때도
깊이 넣을까
그저 흔들리지 않을 정도면 자유로울까
머리만 때렸을 뿐인데 몸이 들어간다
사랑의 행위처럼 극히 본능적이다
못은 벽의 몸 안에서 행복할까

불행할까
네 벽이 흔들리면
못도 흔들리고
귀가 되고

첫사랑으로 쓰고
끝사랑으로 남을 일이다

폼페이에서 사랑하기

폼페이에서
판화가 되어버린 연인을 만났다
사랑은
딱 한 장의 한정판限定版 판화
너와 나를 새겨
깨고 싶지 않은 꿈

생애를 결정하고
설명하는 것은 어렵지만
유서 같은 판화 한 장

사랑한다면 이들처럼
산 채로 돌이 되고
흙이 되고
흔적이라도 남을 때
그것은 그리움
더 이상 굴레는 돌아가지 않아도

오늘은 하루뿐이다

그리운 것은 가까이 있다

연필로 쓰고
비로 읽는다
비는 어디로부터 오는가
멀리 있는 그대여

비도
그대도
하루살이도

가까이
가까이
온다

그리움은 그런 것이다

옥수수 사랑

낱낱이 너의 비밀을 알려다오
공소시효는 없다
내 사랑한다면 옥수수 같은 사랑 하리
가지런한 치열로 오직 너와 나만의 대화법으로

익어가는 사랑은 뜨겁고도 행복했으니
쫄깃한 사랑이여
늙어가는 사랑도 아름다웠으리

0

비워도 비워도 다시 채워지는
채우고 채우지만 끝내 비워지는

욕심을 버리고 구르다 보면 원圓이 되는가

수상쩍기도 하지
책처럼 비밀도 많아
영원히 자유로운

가진 것 다 주고도 있는 듯 없는 듯
갱년기 여자

암병동에서

바람은 바람
꽃은 꽃
창밖 풍경은 그와 무관하다

동맥 같은 링거 줄에 의지한 채
매일의 습관조차 부러운
이곳에선
보는 것도
기다림도
모든 게 박제다

웅성거림은 절대 금지

누가 하루를 짧다 했는가
묻어야만 될까
폭염보다 뜨거운
기억 안의 삶이여,

기억 밖의 삶이여
세월 밖의 삶이여

어제처럼 멀어져 간 오늘
내일만은
아, 내일만은

로댕의 〈칼레의 시민〉을 보고

절망이 지나치면
노래가 된다

노래는 온몸으로 날개를 만들어
하늘로 올라간다

하늘을 날다 보면
땅이, 땅이 그립다

땅을 밟다 보면
시간이 세워지고
고통을 축제로 만들어
너와 나의 관계의 시작

아! 살아남았구나

드로잉을 위하여

벗은 몸이 진실하구나
네가 아니고
내가 아니더라도
삶이 이렇게 가벼울 수 있지

슬프지도 않게
기쁘지도 않게

단 한 번의 망설임도 없이
흔들리는 대로
억지 따위는 없지

상처를 주는 것도 그만
받는 것도 그만

숨 한번 쉬고
그저 그렇게

토르소처럼 살기

더 이상 무엇을 할 수 있단 말인가
일상을 통째로 잘라내고
기억은 이미 박제가 되었음

노력 없이 살아지는 것
무거운 짐 따윈 들지 않아도 돼
견디는 법도 필요 없어
물음표 느낌표 하나 없이

더 이상 아플 일도 없는
지금이 천국이다

세상은 변해도
나는 변함이 없다
나는 나다

소나기

가쁜 호흡
멈출 수 없는 사랑
아!!!
무너지고 말까
그칠 줄 모르는 비의 에로티시즘

목련꽃 비가悲歌

이렇게 죽어가야 하나

기다림의 끝
한 며칠 피자고
죽음조차 이렇게 참혹해야만 한다면
젊음은 너무 잔인한 것을

동정녀의 순결한 노래도
요절한 생명에 대한 위로도
더욱 가난할 뿐

한때 구름인 양 착각한 적 있었지
내가 늘인 하늘 아래 편지를 쓰던
사랑하는 사람들

가는 봄 속에 흐르는 시간처럼
꿈인지 거짓말인지 모를
내 인생은 가고 있다

쌀과 밥

떠나간 사람에겐 쌀을 바치고
남은 우리는 쌀로 밥을 먹는다
살아 있기 위해서
뜨겁게 살아남는 법을 안다
살아가기 위해
사람을 만나고
살이 되는 밥을 먹지
쌀도 아닌 밥도 아닌 죽이 되는 만남도 있다
그럼에도 살아남기 위해 밥을 짓는다

황사 로드

헤어진 다음 날*
존재와 소멸 사이
머리와 가슴까지
그리고도
어제와 오늘의 확연한
극복하지 못하는 시차

* 가수 이현우의 노래 제목.

불면의 밤에 써 내려간
슬프고 아름다웠던 삶과 사랑의 언어들

김경식 시인·(사)국제PEN한국본부 사무총장

서론

『르누아르의 꽃』은 이애정 시인의 세 번째 시집이다. 2006년에 발간되었던 두 번째 시집 『이 시대의 사랑법』 이후 18년만이다. 18년 만에 시집을 출간하는 이유는 삶이 분망하기도 했겠지만 시집의 효용가치에 관한 의문 때문이었을 것이다. (사)국제PEN한국본부 사무처의 사무국장으로 근무하는 중에 회원들이 보내오는 다양하고 많은 저서를 접하면서 정작 본인의 시집 발간에 관한 시기 등은 후순위로 미루었는지도 모른다. 그럼에도 불구하고 시를 쓰는 일에는 계속 정진하여 자신만의 독특하고 은유가 강한 이미지의 시들을 써서 다양한 문예지에 발표했다. 시인은 타고난다고 했을 때 이는 이애정 시인

같은 작가를 두고 하는 말이다. 이는 부모님이 모두 문인이었던 이유도 있을 것이다. 그럼에도 불구하고 그녀의 시는 부모님을 닮지 않은 독특한 낯섦이 존재한다는 것이 특징이다. 시의 낯섦은 문학적인 작법에서 매우 필요하지만 웬만한 시인들은 이런 방법을 모르거나 알면서도 주저한다. 짧고 쉬운 언어의 조합이지만 이를 낯설게 하여 새로운 느낌과 감정을 지니게 만드는 참신성을 지니고 있다. 과거의 기억을 반추하고 현실적인 삶과 주변의 사물 등을 낯설면서도 자세하게 관찰함으로써 다양한 스펙트럼을 통하여 다양한 모습으로 세상을 인식하게 하는 마력을 담고 있다.

시집 『르누아르의 꽃』의 시들은 대부분 비유와 상징 등을 다양하게 표현한 시인 자신의 개인적이며 주관적인 언어의 함축적인 정서를 지니고 있다. 그럼에도 이런 시에 공감할 수 있는 것은 동시대인들의 사랑과 이별, 슬픔, 우울 등을 동반하고 있기 때문이다. 작가가 자신을 숨기면서 현실적인 삶을 감추려할수록 독자들은 그 행간에 감춰져 있는 은밀한 부분 등을 들추고 싶은 것이다.

독자들이 때로 어떤 시에 감동받는 것은 작가와 공감이 일치할 때다. 이애정 시인의 시집 『르누아르의 꽃』을 읽다 보면, 이해할 수 없는 언어의 조탁에 잠시 혼미해질 수도 있다. 그럼에도 몇 번을 읽어보면 사랑과 이별뿐 아니라 현재와 미래의 불안과 슬픔의 미학에서 흘러나오는 정교한 언어의 비유와 상징 등이 살아서 꿈틀거린다. 이것이 바로 이애정 시인의 독특한 시 세계다.

아리스토텔레스는 『시학』에서 삶의 비극적인 요소들이 담긴 시는 우월성을 지닐 수 있다는 견해를 주장했다. 유년기와 청소년기와 장년기를 거치면서 작가의 삶에 드리웠던 어둡고 슬프며 아름다웠던 순간의 장면들이 다양한 시 속에서 살아 움직인다.

다양한 시들을 읽어가다 보면 시인의 언어 속에서 길을 잃을 수도 있다. 이것은 독자가 생각했던 것보다 좀 더 미로 같은 인생길을 방황하면서 작가가 고민하고 살았다는 방증일지 모른다. 이런 시인의 작품들을 해설하는 것은 흥미로운 작업이다. 그래서 가슴이 흔들린다.

본론

슬프고 때로 아름다웠던 삶과 사랑의 언어들이 시적 은유로 표현된 시집 『르누아르의 꽃』에는 77편의 시가 수록돼 있다.

2부에 수록된 시 「르누아르의 꽃」이 시집의 제목이 된 것은 이애정 시인의 미적 탐미의 소산이다. 그와 대화를 하다 보면 다양한 예술 장르에 대한 지식에 놀라게 된다. 특히 문학은 물론이고 음악과 미술에 관한 지식들은 그가 지닌 예술적인 취향을 확인하게 해준다.

한 부당 18~20편으로 분류하여 총 4부로 구성되어 있다. 1부 표제시는 「길 위에서」, 2부는 「르누아르의 꽃」, 3부는 「아버지의 산」, 4부는 「시간을 견디는 법」이다. 본론에서 몇 편의 시를 해설하면서 서론의 이해를 돕고자 한다.

1부 길 위에서

1부 '길 위에서'에는 18편의 시가 수록되어 있다.

줄을 타고 내려온 밤
절벽처럼 주변은 고요하다

아름다움도 슬픔도 모두가 평등해져 있는
극히 정제된 어둠만이
단단한 침묵을 모은다

(……)

인연과 악연 사이를 오가며
견디는 것보다
노는 것이 좋은 불면의 밤

(······)

−「열대야 일기」부분

밤이 줄을 타고 내려오고 주변은 절벽처럼 고요하지만 잠은 오지 않는다. 그리움은 때로 절망과 시련의 아픔을 동반하지만, 이를 평등하다고 여기면서 잠을 청하나 끝내 불면이다. 인연과 악연 사이를 오가는 갈등은 마치 열대야에 칼바람 부는 겨울날을 회상하듯 비현실적인 상상을 한다. 인연의 그리움은 베갯잇 흥건하도록 눈물 나게 하지만 악연의 질긴 끄나풀을 풀 수 없는 고민으로 시간을 죽인다. 끝내 자신의 무덤을 스스로 만들며 홀로 남아 불면을 극복한다.

1부에서 불면과 인연과 악연에 관한 시는「깨어 있는 이유」「불면과 놀다」「기억의 책」등이다. 불면不眠은 잠을 잘 수 없는 상황이다. 잠을 자지 못하고 깨어 과거를 기억하고 생각한다. 인연과 악연을 오가며 슬픔과 노여움을 절벽 아래로 던진다. 깨어 있는 이유는 자신을 사랑하고 남에게 부끄럽지 않게 살아가는 방법 등을 여명이 올 때까지 생각하기 때문이다.

「불면과 놀다」에는 카프카의「변신」을 통한 작가 자신의 숨겨진 변용의 미학이 살아 있다. 어느 날이었다. 아침에 일어나니 벌레로 변한 남자가 있었다. 시인은 카프카가 주인공(그레고르)과 가족을 둘러싸고 벌어지는 갈등을 묘사한 작품「변신」

을 시의 시작에 담았다. 비록 불면의 상태는 절망적이지만, 시의 말미에는 "카프카는 죽고/ 나는 밤새 나이만 먹었다"고 고백한다.

금전적인 가치를 잃어버리면 모두가 외면하는 비정한 세태를 고발한 「변신」에 자유로운 사람이 과연 있겠는가? 그레고르처럼 어느 날 무능력자(벌레)가 되었을 때에도 나의 편이 있겠는가? 이런 생각을 하면 불면증을 앓게 된다. 벌레로 변해버린 주인공 그레고르가 끝내 절망하는 시점은 마지막까지 자신을 인간으로 인정해 주었던 여동생의 마음이 떠날 때다. 이는 역설적이게도 무능력자로 변한 순간에도 누군가가 자신의 편이 되어주는 사람이 단 한 사람이라도 있다면 절망하지 않을 수 있다는 반증이다.

누구나 현재 인연이 되어 있는 사람들과 가족 구성원들의 변신을 생각하면 불안하다. 변신은 언제든지 누구에게나 찾아올 수 있기 때문이다. 건강에 문제가 생기거나 가난해지거나 늙어 사회적 역할을 제대로 하지 못할 때 주변의 구성원들은 변신을 하기 때문이다. 인간적인 깊은 유대보다는 사회적인 가치에 함몰되어 있는 현실적인 세태에 변신하는 사람들을 생각했다. 비록 걱정과 불안은 불면을 잉태하지만, 시 「불면과 놀다」에는 이를 극복하기 위해 노력하는 시적인 은유가 카프카의 「변신」처럼 스멀거린다.

길 위에 서고 보니 네가 보인다

질경이처럼

철저히 밟혀야만

갈 수 있는 길로

너는 여행을 떠났구나

때로

길 위에서 길을 잃을 때도 있겠지만

길과 더불어 세월은 간다

뒤뚱뒤뚱 길 위를 걷다 보니

예전엔 네가 아기였지만

이제는 엄마가

너의 아기가 되어가는 것을 알겠다

너는 돌아오기 위해 떠났고

나는 떠나기 위해

길을 가겠지

여기까지 오다 보니

길은

기다림이었구나

너를 기다리며

어제처럼 편지를 쓴다

　－「길 위에서-여행 떠난 아이에게」 전문

시「길 위에서」는 1부의 표제시이며, '여행 떠난 아이에게'라는 부제가 붙은 시다.

「길 위에서」는 미국 비트문학의 선구자인 잭 케루악의 혁명적인 소설과 제목이 같다. 소설「길 위에서」는 잭 케루악이 2차 세계대전이 끝나자 대학을 자퇴하고 미국 서부와 멕시코를 횡단했던 체험을 토대로 쓴 작품이다. 1957년에 출간되자마자 많은 독자를 얻은 이유는 이 책이 당시 미국 사회의 물질주의와 윤리 도덕에 반기를 들었고 본능의 자유와 설레는 깨달음을 찾아 길 위로 여행을 떠나게 하였기 때문이다.

노자의『도덕경』에 나오는 "천리지행 시어족하千里之行始於足下", 즉 "천 리 길도 한 걸음부터"라는 구절처럼 용기와 위안을 주려는 듯 이제 막 먼 길 떠나는 딸에게 보내는 송사送辭 같은 시다.

너는 돌아오기 위해 떠났고/ 나는 떠나기 위해/ 길을 가겠지/ 여기까지 오다 보니/ 길은/ 기다림이었구나

잠언 같은 이 시는 딸을 기다린다는 편지로 끝을 맺는다. 그러면서 "질경이처럼/ 철저히 밟혀야만/ 갈 수 있는 길로/ 너는 여행을 떠났구나"로 표현되는 험난한 인생길을 예고하고 있다.

어느덧 성장한 딸은 의지하고 싶은 대상이 되었다. 그럼에도 불구하고 누구에게도 의지하지 않는 독립적인 삶을 추구하는

마음은 살아서 자유로운 영혼의 길을 떠나고 싶은 것이다. 결국 「길 위에서」의 길은 기다림이었다.

천 개의 손이 불면을 감싸고
그들은 저마다 다른 색 옷을 입은 채
아픈 부위를 두드려댄다

입구도 출구도 없던 내 하루는
떠나고 다시 오지 않을 열차처럼
밤은 깊어만 가고

길에서 길을 묻는다
기억의 책에서 꺼내본
모르고 살아도 더 좋았어야 할 일들
아프거나, 아름답거나

버리고 싶은 자아自我가
가지고 싶은 내가 될 때

멀리서 흔들리는 빛이 보인다
비로소 아침은 온다
　－「기억의 책」 전문

기억은 인간의 뇌가 수용하는 경험 등의 정보를 간직하게 하여 그것을 간혹 표출하면서 떠올리는 현상이다. 사람의 기억은 정확하지 않고 다 수용할 수 없다. 만약 삶의 모든 현상들과 경험들을 모두 정확하고 무한하게 기억한다고 한다면 어떻게 될까? 예외가 있겠지만 어떤 기억으로 정상적인 삶이 불가능할지도 모른다. 때로 기억하고 싶지 않은 과거일수록 새록새록 떠올라 가슴 아파할 때가 있다. 지우고 싶은 기억일수록 더욱 진하게 가슴에 응어리를 만들 때가 있다. 오히려 기억해야 하는 행복하고 아름다웠던 과거는 잊히고 천 개의 손으로 가리고 싶은 아픈 추억들이 불면을 가중할 때가 있다.

시 「기억의 책」에서는 아침이 올 때까지 이런 상념들로 가득한 불면에도 "버리고 싶은 자아가/ 가지고 싶은 내가 될 때"에야 비로소 "멀리서 흔들리는 빛이 보인다"라고 고백하고 있다.

건강하게 활동하는 자아는 본능적인 쾌락을 추구하는 행위와 사회적인 규범이나 도덕성을 위배하지 않는 사이에서 어느 정도의 균형을 유지한다. 자아는 적어도 현실감각, 현실검증, 현실적응이라는 세 가지 측면에서 내부 세계와 외부 현실 사이를 연결하고 있기 때문이다. 사람은 누구나 현실적응을 하면서 살아간다. 과거에 경험했던 기억을 바탕으로 새로운 환경 변화에 적응해 가는 능력을 지니고 있다. 누구든지 기억에서는 "아프거나, 아름답거나" 등을 조절할 수 있는 기능이 없다. 그럼에도 불구하고 시「기억의 책」에서는 이런 번민을 끝 구절에 "비로소 아침은 온다"라고 희망적으로 표현한다.

여름이 지나가니
개미 마을 개미들이 상여를 메고 간다
생生의 무게와 사死의 무게가 무겁다
가깝거나 멀거나 이르는 길에도
보이지 않는 길에도 분명 고리는 있다
평생 먹을 먹이가 상여가 되는 걸 본다
개미도 죽고 황소도 죽는다
무덤이 있고 없고는 중요하지 않지

하느님 보시기에 좋았더라
 -「개미 상여」전문

개미는 작지만 부지런히 일하는 곤충이다. 우화에서는 작은 사람이 큰일을 할 때에 '개미가 절구통을 물고 나간다'고 하고, 근면하고 저축을 잘할 때 '개미 금탑 모으듯 한다'고 했다. 봄과 여름철에 부지런히 일하여 먹을 것을 저축했던 개미와 노래만 부르고 일을 하지 않은 베짱이를 비교하던 우화「개미와 베짱이」는 유명하다. 또한「개미」는 프랑스 작가 베르나르 베르베르의 등단작이자 가장 유명한 작품이다. 베르베르는 어렸을 때부터 개미를 유심히 관찰했다. 아프리카에서 개미를 연구하고 인간과 개미의 세계가 교차하는 스릴러에 가까운 판타지 소설을 탈고했다.

복잡한 개미 사회는 인간 사회와 흡사하다. 시「개미 상여」에는 개미 사회를 관찰한 시인의 삶과 죽음에 대한 성찰이 담겨 있다. 삶은 살아 있다는 실존이다.

삶의 의미는 철학에서, 과학에서, 그리고 다양한 종교에서 지향하는 성찰 대상이 다르다. 그러므로 문화와 종교, 이데올로기를 토대로 하는 의미는 다양할 것이다. 살아 있는 실존의 존재는 늘 죽음의 문제에 직면한다. 죽음의 문제는 살아 있는 존재에게는 언제나 불안한 것이기 때문이다.

만물의 영장인 인간은 죽음의 문제를 성찰하면서 육신은 썩지만 영혼은 죽지 않는 사후세계 등 종교를 통해 위안을 받으려 했다. 우주론적인 개념으로 보면 사람과 개미의 크기는 문제가 되지 않는다.

다가올 미래가 걱정스러운 것은 예측이 불가능하기 때문이다. 다만 믿음으로 살아가는 것이다. 과거와 현실의 학습을 통해 미래에 어느 정도 삶이 보장되어 있다는 믿음을 갖게 된 것이다. 그런 믿음을 지니고 있기 때문에 인간은 개미처럼 일하면서 살아간다. 그럼에도 불구하고 현실에서 죽음은 너무나 가까이에 존재한다.

만약 인간이 자신의 죽는 날을 정확하게 알 수 있다면, 어떤 현상이 벌어질까? 죽기 전에 적어도 시인이 표현한 다음과 같은 삶은 살지 않게 될 것이다.

　개미 마을 개미들이 상여를 메고 간다/ (……)/ 평생 먹을 먹이가 상여가 되는 걸 본다

　인간의 탐욕은 끝이 없다. 특히 물질적인 욕망은 죽기 직전까지도 포기할 수 없는 유혹이다. 인간은 최고 100세 정도의 수명을 살다가 죽는다.
　삶과 죽음의 한계는 분명하다. 그럼에도 불구하고 인간은 이 한계를 인정하려 들지 않는다. 사람들이 도처에서 죽어가지만 자신만은 예외라고 생각하면서 개미처럼 살아간다. 삶을 위해 개미처럼 살아가는 것이 자랑이다. 그러므로 개미처럼 죽어간다.

　개미도 죽고 황소도 죽는다/ 무덤이 있고 없고는 중요하지 않지// 하느님 보시기에 좋았더라

　결국 죽음은 평등하고, 신의 은총도 공평하다.

2부 르누아르의 꽃

2부 '르누아르의 꽃'에는 19편의 시가 담겨 있다.

봄날
나는 르누아르의 여인이 되었다
풀밭에서도 벗고
나무 아래서도 벗고
잠을 자면서도 벗을 것이다
마음이 몸을 따라 하는 것도
그와 함께 할 것이다
봄날
아! 살아 있다는 것은 얼마나 가벼운 것이냐
바람나고 싶다
살아 있는 것 모두 부활을 꿈꾸지 않은 것은 없다
평등하고 싶지 않은 것 또한 없다

가는 봄 속에 오는 봄도 있다
　－「르누아르의 꽃」전문

봄은 희망이다. 영국의 시인 셸리(1792~1822)는 "겨울이 온다면 봄이 멀지 않으리"라는 시구로 절망한 사람들을 위해 희망을 노래했다. 봄을 노래하고 있는 「르누아르의 꽃」에서는 '부활'과 '평등'이라는 단어로 그 상징성을 대변한다.

　사계절이 존재하는 곳에서 살아가는 사람들에게 봄의 정서는 평등하다. 그러나 그 느낌은 주관적이다. 춥고 긴 겨울이 계속될 것이라는 죽음의 절망 속에서 살았던 원시인들은 봄이 시작되면 살 수 있다는 희망을 가졌을 것이다. 꽃이 피고 새싹이 돋아나면 춤을 추고 노래를 하고 싶었을 것이다. 자신이 살아 있다는 것을 표현하고 싶은 것은 당연하다.

　이애정 시인의 시는 대체로 미적 슬픔과 유년의 불안과 그리움들을 담고 있다. 또한 자신의 내면세계를 숨기려는 경향이 있다. 그러나 「르누아르의 꽃」에는 이를 극복하려는 의지가 다분하다. 인간적인 본능에 충실하려는 모습은 마치 프랑스의 대표적인 인상주의 화가 르누아르(1841~1919)의 나부裸婦 그림들을 연상시킬 만큼 솔직하다. 풍경화나 인물 묘사에 능했던 르누아르는 인생 후반기에 왜 나부를 그렸을까? 르누아르는 심한 신경통에 시달리면서도 밝고 아름다운 세상, 아름다운 여인의 육체 등을 풍성하게 표현하면서 다양한 내적 고민을 해결하고자 했다.

　시 「르누아르의 꽃」에는 현실적인 제약과 속박에서 벗어나고 싶은 욕망이 살아 꿈틀거린다. 마치 르누아르가 빨강, 노랑, 파랑, 초록 등의 색깔을 선명하게 칠하면서 자신의 욕망을 표출하듯 봄의 환희를 느끼고 싶은 것이다. 결국 르누아르가 말년에 추구했던 갈망과 닮고 싶은 것이다. 「르누아르의 꽃」은 죽음의 늪에서 살아남은 자가 누리는 찬란한 봄이며, 부활과 평등과 환희의 노래다.

生이
임종처럼 고요히 지고 있다
누구보다 찬란했고
눈부셨지만
나비처럼 가볍게
살아 있는 사람들의 머리로, 어깨 위로
마침내 발밑으로
이별을 맞이한다
사라지는 것은 살아남는 것으로
망각은 재회를 꿈꾸며
꿈보다 짧았던 여행을 떠난다
　–「봄을 보내며」전문

계절이 떠날 때 슬픈 것은 자신의 삶과 결부하기 때문이다. 계절이 가듯 자신도 언젠가는 떠난다는 것이다. 떠난다는 것은 생물학적인 삶을 마감하고 죽음의 길로 간다는 것이다.

겨울과 여름이 떠나는 것은 그리 슬프지 않다. 가을은 낙엽으로써 삶을 반추하는 것이지 스산하지는 않다. 유독 봄이 떠나는 것을 애석해하고 삶과 결부하려 한다. 아마도 봄에는 유독 많은 꽃들이 피고 지기 때문일 것이다. 꽃이 피고 지는 것이 순간이라는 것을 알 때 자신의 인생도 그리될 것이라는 예상을 하게 된다. 꽃이 피던 순간이 어제인 듯하고 오늘 꽃이 지고 있는 것이다. 시「봄을 보내며」에는 이런 이별의 장면들이 생생하다. 가슴 저미게 봄을 보내며 다양한 이별들을 슬퍼한다. 삶은 늘 이별을 동반하기 때문이다.

2부에는 이런 이별과 사랑을 표현하는 시들이 많다. 특히 「첫사랑」「겨울 장미」「사계四季」「외사랑은 진행형」「잊혀진 초콜릿은 짜다」「등, 아픈 이름에게」「너의 거리」「눈사람을 보았다」 등에는 이애정 시인만이 표현할 수 있는 은유적인 이별과 사랑의 언어들이 슬프게 빛난다.

이런 이별의 기저에는 유년에 돌아올 수 없는 길로 떠나간 아들을 그리워하는 모정의 슬픔도 깔려 있다.

보고 싶어도

다다를 수 없는 섬이 있다

마주 보지 못한 채 살아온 날들이

그곳에 있다

홀로

오직 홀로 머물러

온몸 다 뻗쳐보아도 닿질 못했다

벗어놓은 옷가지처럼

허물어진 기억을 딛고

똑바로 서보아라

주문처럼 외워도

그리움은 자꾸만 등이 굽는 것

돌아보지 마라

세월이 갈수록 더 아픈 나의 등허리

내 아들

기다려도

기다려도 오지 않는 아이야

이름을 불러볼까

올려다보는 하늘 말고

내려다보는 너였으면

　　　－「등마루, 외로운 사랑」 전문

죽음은 생명체의 삶이 끝나는 것이다. 생명 활동이 정지된 생生의 종말을 가리킨다. 생명의 단절은 만남의 끝이기에 영원한 이별을 상징한다.

사람은 빈부귀천을 막론하고 누구나 언젠가는 죽는다. 다만 죽는 시기는 알 수 없다. 예측할 뿐이다. 그 예측하는 기간에 불안과 공포가 존재한다. 결국 인간은 죽음 앞에서는 무력한 존재가 될 수밖에 없을 것이다.

죽은 자는 침묵한다. 종교에서 말하는 영혼과 불멸은 제외하고 상식적으로는 죽으면 모든 것이 끝이다. 다만 죽은 자와 인연이 있었던 사람들은 그 죽음을 기억한다. 특히 부모, 자식, 형제자매, 연인 등이 그렇다. 죽은 자를 가장 슬퍼하는 것은 아마도 부모일 것이다. 특히 엄마이다. 그것도 어린 날에 갑자기 죽은 아이라면 더욱 그럴 것이다.

　　주문처럼 외워도/ 그리움은 자꾸만 등이 굽는 것/ 돌아보지 마라/ 세월이 갈수록 더 아픈 나의 등허리/ 내 아들/ 기다려도/ 기다려도 오지 않는 아이야

이 세상에서 보고 싶어도 볼 수 없는 아이는 하늘나라에 존재하는 대상이다. 그곳은 누구나 죽어야 비로소 갈 수 있다고 믿는 곳이다. 시집 『르누아르의 꽃』에는 다양하고 추상적인 이별과 슬픔, 불면 등을 은유적으로 표현한 시가 많다. 이것은 시인 자신이 경험한 유년 시절의 고독과 어린 나이에 먼 길 떠난 아들에 대한 그리움에서 시작된 것일 수도 있다.

3부 아버지의 산

3부 '아버지의 산'에는 20편의 시가 담겨 있다. 3부 시에는 시인 자신의 부모님에 대한 기억과 잠언 같은 편린들이 보인

다. 또한 현실의 부조리와 미래의 불안에 대해 성찰하면서 자기 자신을 찾고자 하는 독백의 언어들이 은유적으로 스며 있다.

시 「아름다운 이유」 「게를 먹으며」 「꺾다」 「숲의 말」 「나탈리 망세의 첼로」 「늦은 밤, 쓰레기를 버리며」 「의자는」 등에는 특히 현실적인 부조화와 모순의 삶에 관한 성찰의 표현이 살아 있다.

시 「대나무 어머니」는 대나무로 상징어를 삼은 어머니의 숨결이 그리움으로 살아와 대숲에서 부는 바람처럼 스산하다.

울 어머니 심어준
가슴속 나무 한 그루
어머니가 내 손가락에 대나무로 피었다

어머니
몸은 비고 울림만 남아
살아보니 아무것도 아니라며
정말이지 아무것도 아니었다고
채울수록 가난했던 어머니

갈수록 날은 어두워져 가고
어두울수록 더 잘 보이는 어머니
그리움을 어루만지며

내 손에 피어난

어머니의 대나무를 본다

　-「대나무 어머니」전문

　어머니는 그리움의 모태다. 자신을 낳아주고 키워준 어머니의 모성은 천륜이다. 그러나 어머니와 함께 살 때는 어머니를 이해할 수 없을 때가 있다. 그래서 어머니에게 서운할 때가 있다. 그런저런 이유로 고마움과 은혜를 잊고 살아가기도 한다.

　대나무는 온대성 식물이다. 겨울 추위가 혹독한 곳에서는 살 수 없다. 남부 지방에 군락지가 많이 분포한 이유다. 대나무는 위로는 자라도 옆으로는 거의 자라지 않는다. 대나무는 속이 텅 비어 있고 나이테가 없다. 이런 대나무의 특성을 어머니와 결부한 이 시는 연약하면서도 화려한 삶을 꿈꾸었던 어머니에 대한 회상이다. 가난하지만 화려하고 설레는 삶을 지향했던 과거에 관한 성찰은 그 어머니가 떠나고 나서야 더 절절하게 다가온다. 가끔 삶이 절망적일 때나 행복할 때 세상 떠나신 어머니 생각이 난다. 대나무의 살결처럼 단단했던 어머니의 성정도 알고 보면, 그 빈 공간으로 인해 흔들리며 살 수밖에 없었다는 것을 알았다. 그런 이유로 어머니는 "채울수록 가난했"다.

　이애정 시인의 어머니는 최미나(1932~2014) 소설가다. 1957년에 《여원》 신인상을 수상하고, 1959년에 《현대문학》에 김동리 선생님의 추천으로 등단한 분이다. 1963년에 단편집 『합

류』와 1979년에 소설집 『매화틀』을 출간하고 작고 전에는 서울시문화상(문학 부문)을 수상할 정도로 작품을 인정받은 소설가였다.

아버지 생전 오르시던 산
당신 사후 내가 걷는다

높은 나무는 우러러보고
낮은 풀은 몸을 숙여 보라던

산에는 아버지의 음성이 들린다
산에는 거울이 달려 있다
산은 아버지를 비추고
아버지는 나를 비춘다
딸은 매일 거울을 닦는다
－「아버지의 산」 전문

이애정 시인의 아버지는 이동주(1920~1979) 시인이다. 해방 후에 광주 호남신문사 문화부장, 1948년 서울연합신문사 문화부 차장을 역임하고 1959년 이후에는 전북대학교, 원광대학교, 숭실대학교 등에서 학생들을 가르쳤지만 늘 집은 가난했다. 1951년과 1955년에 시집 『혼야』와 『강강수월래』를 출간하고 이미 유명한 시인이 되었지만 언제나 나그네 삶이었다. 나그네 삶이야 자기 자신에게는 자유로운 삶일지 몰라도 가족 구성원들에게는 경제적인 빈곤을 안기게 된다. 한국적인 정서에 기반을 둔 향토적인 서정과 욕심 없는 정서 등을 보여주는 시는 문학사에 빛난다. 그러나 현실적인 경제 상황에 관심 없는 나그네 삶으로 인해 가난을 벗어날 수 없었다.

이애정 시인은 이런 환경에서 성장했지만 때로 자신의 아버지 이동주 시인을 그리워하면서 살아간다. 이유는 아버지가 평소에 보여주었던 온화하고 따스한 정 때문이다. 아버지의 가난을 자신의 시를 통해 용해하려는 표현들이 보인다. "언제고 가진 게 없어 쓸쓸하다면/ 숲으로 갈 일이다// 나의 인생도/ 그처럼 떳떳했던가/ 또한 넉넉했던가"(「숲의 말」)처럼 가난과 고독을 숲속에서 잊고 품으려 했다. 또 "이제는 모아야 한다/ 늦은 밤 쓰레기를 버리며/ (……)// 집착은 금물/ 소유가 전부는 아니더라/ 이 늦은 밤/ 어떻게 사랑해야 하는지 알 것 같다"(「늦은 밤, 쓰레기를 버리며」)며 스스로 소유를 경계하고 있다.

4부 시간을 견디는 법

4부에는 20편의 시가 수록되어 있다. 「시간을 견디는 법」 「어렵다 사랑」 「잊혀가는 것들을 위하여」 「못으로 편지를 쓴다면」 「폼페이에서 사랑하기」 「옥수수 사랑」 「소나기」 등은 2부

'르누아르의 꽃'에서 보여주었던 사랑에 관하여 좀 더 다양하게 표현하며 천착하고 있는 시다.

「태풍 불던 날」 「나는 밤새 짧아졌다」 「봄부터 겨울까지」 「거울처럼」 「그리운 것은 가까이 있다」 「암병동에서」 「로댕의 〈칼레의 시민〉을 보고」 「토르소처럼 살기」 「쌀과 밥」 「황사 로드」 등의 시는 절망과 희망, 이별 등을 표현하고 있다.

이애정 시인은 사랑을 다양하게 천착하고 있다. 이로 인해서 현실에서는 방황하고 번민하며 흔들린다. 그럼에도 불구하고 다시 현실이라는 냉정한 삶 속에 녹아든다. 이런 반복은 삶을 우울하고 절망적이게 만든다. 그러나 끝내 이를 극복하게 해주는 희망을 발견하고 그 희망을 잡기 위해 노력한다. 그런데 그 희망 역시 사랑이다.

오랫동안 비는 우산을 기억했다
기억은 점 점점 깊이 빠져들어
아무것도 할 수 없는 무기력함
옛사랑은 무기력함으로 온다

그리움은 천국을 바라보며 지옥에 잠기는 일
옛사랑은 대책 없는 쏟아짐으로도 온다

그리고로 시작해서 마침내로 점 찍을 때까지

옛사랑은 시간을 견디는 법

오늘 하루는 비움이다
가볍지 않으면 익숙해지기라도 해야지

무인도에 고립된 나는
세상일 모르는 게 답이다
  ─「시간을 견디는 법」전문

　인생길에서 중요한 것은 다양하다. 사랑과 시간은 단연 소중
하다. 시간과 사랑을 어떻게 대응하는지를 파악하면 그 사람
을 알 수 있다. 시인은 환갑이 지나 옛사랑을 기억하고 있다. 그
러나 만날 수 없는 무력감과 희미한 기억 등으로 천국과 지옥
을 오고 간다. 그럼에도 견디며 옛사랑을 잊어야 한다. 현실을
살아가기 위해서다. 지구의 어디서든 사랑하는 사람과의 시간
은 영원하지 않다. 옛사랑은 멀리에 있다. 그 사랑을 회고하는
것은 고독하고 스산하고 아프다. 당시의 고독과 가난과 슬픔의
기억이 함께 떠오르기 때문이다. 그럼에도 이런 옛사랑은 현재
의 사랑을 더욱 튼실하게 할 수 있다. 과거의 갈망과 이별의 슬
픈 기억들은 비움과 무인도의 고독도 견딜 수 있는 힘을 주기
때문이다. 이런 희미한 옛사랑의 기억들은 미래의 아름다운 사
랑을 꿈꾸게 하는 길로 인도한다.

바람은 바람
꽃은 꽃
창밖 풍경은 그와 무관하다

동맥 같은 링거 줄에 의지한 채
매일의 습관조차 부러운
이곳에선
보는 것도
기다림도
모든 게 박제다

웅성거림은 절대 금지

누가 하루를 짧다 했는가
묻어야만 될까
폭염보다 뜨거운
기억 안의 삶이여,
기억 밖의 삶이여
세월 밖의 삶이여

어제처럼 멀어져 간 오늘

내일만은

아, 내일만은

　－「암병동에서」전문

　이 세상은 빈손으로 와서 빈손으로 돌아간다. 그럼에도 일생
은 무거운 짐을 지고 먼 길을 가는 것이다. 생로병사는 이 길에
서 만나는 필연이다. 태어나면 늙고 병들어 죽는다. 암은 사람
들이 가장 무서워하는 병이다. 예전에는 암에 걸리면 대부분
죽는다고 생각했다. 지금은 암 환자의 생존율이 높아지고 완치
자가 많아져서 예전처럼 죽음을 연상하는 것은 약해졌다. 그럼
에도 불구하고 암병동을 서성이는 것은 불길하다. 암병동에 입
원한 환자는 누구든지 죽을 수 있다는 생각을 한다. 외래환자
들이 부럽고, 면회객의 오고 감이 경이롭다. 창밖 풍경과는 무
관하게 "이곳에선/ 보는 것도/ 기다림도/ 모든 게 박제다."

　암이라는 판정을 받는 한순간의 감정은 평생 경험했던 절망
을 능가한다. 내일을 기약할 수 없는 죽음의 절망에서 피할 수
없는 인간적인 삶의 한계와 종말의식에 도달하기 때문이다.
"내일만은/ 아, 내일만은" 이 마지막 표현은 삶과 죽음의 언저
리에서 신을 부르는 마지막 절규다. 이런 숙명적인 절규는 죽
음에 기인한다. 죽음은 영원한 이별을 상징하기 때문이다. 이
별은 슬픔과 고독을 만드는 원천이다. 죽음이 두려운 이유다.
이런 죽음을 극복하기 위한 인간의 노력은 인간의 본성이 되었

다. 죽음의 절망을 극복하고 싶은 바람은 태어날 때부터 주어진 인간의 본능이기 때문이다. 암병동에 입원한 누군가의 생존을 바라는 염원이 담긴 이 시가 진정성을 가지고 다가오는 이유다.

절망이 지나치면
노래가 된다

노래는 온몸으로 날개를 만들어
하늘로 올라간다

하늘을 날다 보면
땅이, 땅이 그립다

땅을 밟다 보면
시간이 세워지고
고통을 축제로 만들어
너와 나의 관계의 시작

아! 살아남았구나
  ―「로댕의 〈칼레의 시민〉을 보고」 전문

어제는 역사다. 내일은 알 수 없다. 오늘만이 진실이다. 「로댕의 〈칼레의 시민〉을 보고」는 절망을 희망으로 바꾸기를 바라는 열망이 담겨 있는 시다.

로댕의 〈칼레의 시민〉은 14세기 백년전쟁 때에 잉글랜드 군대에게 포위당한 프랑스 영토 칼레 시민들의 목숨을 살리기 위해 여섯 명의 시민 대표가 스스로 자신의 목숨을 걸었던 일화를 상징하는 기념물이다. 오귀스트 로댕(1840~1917)이 1884~1889년에 청동으로 제작했다. 시민 모두를 살려주는 조건으로 여섯 명의 시민 대표가 죽음을 불사하고 항복을 하러 가는 장면이다. 극한 절망 중에도 지도자급의 도덕적인 의무와 사회에 대한 책임을 지닌 노블레스 오블리주의 효과는 빛났다. 끝내 칼레 시민들이 생존할 수 있었으며, 여섯 명의 시민 대표들도 살 수 있었기 때문이다. 절망이 희망으로 바뀌는 과정을 순차적으로 표현한 이 시는 끝내 희망을 노래한다.

땅을 밟다 보면/ 시간이 세워지고/ 고통을 축제로 만들어/ 너와 나의 관계의 시작// 아! 살아남았구나

일단은 살아남아야 승리하는 것이다. 변하지 않는 하늘과 변하는 땅의 중간에서 방황할 수밖에 없는 인간은 절망을 희망으로 바꾸지 않으면 살 수 없는 존재다.

결론

모든 것에는 때가 있다. 삶 속에는 미움과 사랑이 존재하는 때가 있다. 삶과 사랑은 하늘의 구름과 같다. 계속 변화하기 때문이다. 강물처럼 흘러가기도 한다. 손에 잡힐 듯하지만 어느덧 먼 곳으로 떠나고 흘러간다. 특히 사랑은 변하는 존재이며 흘러가는 존재다. 이애정 시인의 시집 『르누아르의 꽃』에는 이런 과정에서 경험했거나 상상했던 추상적이며 현실적인 다양한 사랑 이야기가 담겨 있다. 때로는 이 문제를 해결하기 위해 삶과 죽음에 관한 성찰을 하기도 한다. 또한 불면으로 고통을 견디면서도 이 문제에 천착한다. 삶과 죽음만큼 사랑이 중요하다고 여기기 때문이다.

시집 『르누아르의 꽃』은 삶과 죽음, 사랑 등을 비유와 상징 등으로 표현했다. 난해하고 주관적인 언어의 함축적인 정서를 지니고 있어 해설이 쉽지 않다. 불면의 원인이 된 사랑과 이별, 슬픔, 우울 등은 절망을 낳기도 한다. 그럼에도 때론 긍정으로 희망을 노래한다. 이애정 시인의 이런 경향은 유년의 불안과 고독이 사라지지 않고 현재에도 지속되기 때문이다. 그럼에도 그는 옛사랑의 희미한 슬픔과 고독을 찾아 떠난다. 그 길에서 먼 길 떠나간 부모님과 아들을 만난다.

사람의 일생은 외길을 가는 소와 같은 존재다. 네발 달린 소가 외줄을 타야 하는 위태로움을 인지하며 살아내야 하는 것이 생(生, 牛 + 一)이다. 살아야 하는 것이 아니라 살아내야 하는 숙명을 지닌 존재다. 방황과 외로움과 슬픔이 없는 것이 오히려 이상한 것이다. 다만 이런 것을 극복하기 위해 인간은 긍정의 미학을 설파할 뿐이다. 그러나 인간은 늘 노력하는 한 방황하는 존재이다. 태어나고 싶어서 태어난 사람이 없듯이 살아내야 하는 인생의 길에서 고독과 불안을 경험하지 않는 사람도 없을 것이다.

이애정 시인의 시집 『르누아르의 꽃』은 이런 성찰을 불면의 밤을 보내며 써 내려간 자화상 같은 시집이다. 이 자화상 같은 시집이 그럼에도 불구하고 보편성을 지니게 하는 것은 그녀가 자신의 본성과 심리를 솔직하게 고백하고 있기 때문이다. 이런 주관성과 솔직성을 바탕으로 쓰인 시들이 객관적이며 보편적인 경지에 도달하기는 쉽지 않다. 이애정 시인은 솔직하면서도 매우 주관적인 성찰을 통해 이를 희생과 사랑의 미학으로 훌륭하게 승화시켰다.